AF233844

LE CIEL

ET
LES QVATRE ELEMENTS.

APOLLON

ET
LES NEVF MVSES.

A MONSEIGNEVR
LE CARDINAL
DE RICHELIEV.

Enfemble

LA VOIX DE LA VERITE'
oppofée aux prejugés des Malcontents.

SVR LES AFFAIRES
de ce temps.

A PARIS,
Chez **IEAN BRVNET**, ruë neufue S. Loüis,
au Trois de chiffre.

M. DC. XXXI.

LE CIEL ET LES QVATRE ELEMENTS

OV

CINQ SONNETS

A MONSEIGNEVR LE CARDINAL DE RICHELIEV.

SONNET I.

LE Feu, l'Air, & la Terre, & les Eaux de Neptune,
  Ayant par tout oüi parler de vos effects,
Et de tant d'Ennemis que vous aués desfaicts,
Vn chacun en son temps & saison oportune,

  Disent vostre merite au globe de la LVNE,
Qui comprendre ne peut la gloire de vos faicts:
Mais les Cieux les plus hauts, côme les plus parfaicts,
Cognoissant vos vertus pleigent vostre fortune.

  Là dans le doux repos du cinquiesme Element,
Le SOLEIL vous faict Chef de son gouuernement,
Et l'Ange Gardien du Royaume de France

  (Soubs celuy de LOVIS le premier apres Dieu)
Resigne son office à vostre Intelligence,
Et faict son Lieutenant le grand de Richelieu.

SONNET II.

Comme quatre Vertus composent l'excellence
De tout homme parfaict, parlant moralemēt,
Et quatre qualités donnent semblablement
A tout corps naturel l'estre & la subsistance.

Comme de quatre tons la nombreuse cadence
Guide mesme des Cieux le reglé mouuement;
Ainsi quatre Vertus font tres-parfaittement
L'Estre surnaturel du Phœnix de la France.

Grād Prelat, quād ie voy vostre Prudēce, & Foy,
Et Courage, & Constance à bien seruir le Roy,
Faire, malgré l'effort de toutes les Cabales,

De tous ces quatre tons vn accord si parfaict,
Ie dis que ces Vertus à bon droict Cardinales,
Sont les quatre Elemēts dequoy vous estes faict.

SONNET III.

Comme la verité d'vn cube droict se forme,
Cube du tout contraire au leger mouuement,
Et dont le plan quarré iamais ne se dément,
Mais qui sans varier est tousiours vniforme :

Ainsi vostre Genie à ce Cube conforme,
Tousiours semblable à soy faict tout tres-sagement,
Et pour nostre salut trauaille incessamment,
Sans que iamais son œil sommeille ny s'endorme.

Vostre Constãce, & Foy, & Prudéce, & Valeur,
Font ce Quarré parfaict, qui dedans vostre cœur
(Comme les attributs de la Diuine essence

Aboutissent tousiours à la simple vnité)
Resserre les vertus de sa toute-puissance
Dans la iuste Rondeur de la fidelité.

SONNET IV.

Vous qui ſous le Soleil n'aués point de ſĕblable,
Clair Soleil de nos iours fidele Richelieu,
Dont le ſage Conſeil tourne ſur vn eſſieu
Qui n'eſt moins que lesCieux ſolide & perdurable.

Vous qui ne faiſant rien que de tres-admirable
Dans le commencement, la fin, & le milieu
De vos aduis extraicts du Cabinet de Dieu,
Entre tous les parfaicts eſtes l'Incomparable.

Que diray-je de vous? voſtre fidelité
Ne peut iamais auoir ce qu'elle a merité.
Toutes vos actions ſont pleines d'innocence.

Voſtre Conſtance & Foy ſont comme des Rochers;
Et les reſſentimens des reſpects les plus chers
Ne vous ſont rien au prix du ſalut de la France.

SONNET V.

Voſtre Pourpre l'objeƈt de nos yeux ébloüis,
M'auoit iuſqu'à ce iour cõmandé de me taire,
Et ne pouuant comprendre vn ſi tres-haut myſtere,
Mes eſprits deuant vous s'eſtoient éuanoüis.

De vos rares vertus les effeƈts inoüis
(Ne faiſant iamais rien qui ne ſoit ſalutaire)
Et dedans & dehors aux Palmes de LOVIS
L'orgueil des Ennemis ont rendu tributaire.

Auſſi ne prenés vous ailleurs que dans les Cieux
Le plan & le projeƈt de vos faiƈts glorieux,
Qui, conformes touſiours au royal Exemplaire,

Font qu'on ne peut ſans crime & ſans vn attentat
Nier que vos conſeils n'ayent ſauué l'Eſtat,
Et que vous ne ſoyés ſon Ange Tutelaire.

P. LE COMTE.

APOLLON

ET
LES NEVF MVSES

OV

DIX DIZAINS

A MONSEIGNEVR
le Cardinal
DE RICHELIEV.

A PARIS,
Chez IEAN BRVNET, ruë neufue S. Loüis,
au Trois de chiffre.

M. DC. XXXI.

Au Lecteur.

CEtte piece ayant esté faicte incontinent apres la reduction de la Rochelle, tu seras aduerty, Amy Lecteur, qu'à cause de l'indisposition de l'Autheur elle ne fut pour lors publiée. Ce qui donna subjet à vn certain plagiaire de s'en attribuer l'inuention, & de la produire en de bonnes compagnies comme vn fruict de son iardin.

APOLLON ET LES
NEVF MVSES
OV
DIX DIZAINS

A MONSEIGNEVR
LE CARDINAL
DE RICHELIEV.

I.

QVelle est cette pourpre esclattante
Et ce grand Prelat glorieux,
Qui de mon Roy Victorieux
Suit la Fortune triomphante?
C'est celuy dont la dignité
Semble seule auoir merité
Cette royale recompence,
Que seruant le plus grand des Roix
Il fut l'Intellect de la France,
Et le fort rempart de nos Loix.

II.

De cette Ame toute diuine
Les heroïques actions
Font luire leurs perfections
Soubs le SOLEIL qui l'illumine.
Là les Rebelles abbatus,
Contraints d'adorer ses vertus,
Apres leur fole outrecuidance
N'ont autre subject de parler,
Que de dire que sa prudence
N'a rien qui la puisse esgaler.

III.

Les feux de la voulte etherée
Ne luisent plus qu'en sa faueur,
Depuis qu'on a veu son bonheur
Commander aux flots de Nerée.
Icy l'Empire des Latins
Succombe dessoubs nos Destins :
Là des Monts la hautaine cime
Tremblante se void sans appuy,
Et nous faict voir que c'est vn crime
De s'esleuer pardessus luy.

IV.

Cette gloire qui l'enuironne
Faict qu'il reluit comme vn Soleil,
Et que ce grand Roy nompareil
L'estime au prix de sa Couronne.
C'est vn Arbre qui precieux
Chargé de la manne des Cieux
Et des doux fruicts de ses merites,
Pris des plantes du Paradis,
Fait honte aux histoires escrites
De tous les siecles de iadis.

V.

L'Ange de ce fameux Empire
S'est à ses volontés sousmis,
Et le poulmon des Ennemis
A peine deuant luy respire.
Son Sceptre tousiours fleurira,
Et tousiours le Ciel benira
Les vtiles soings de ses veilles,
Et fera que tout l'Vniuers
Dira que ses rares merueilles
Sont seules dignes de mes vers.

VI.

L'Astre benin de sa naissance,
Captiuant nos affections,
En ses seules perfectiōns
A faict voir sa toute-puissance.
Ce RICHE Chef-d'œuure des Dieux
Est vn Iardin delicieux,
Vn LIEV digne d'vn Roy de France,
Qui contente tous nos plaisirs,
Et surmontant nostre esperance
Ne laisse rien à nos desirs.

VII.

C'est là que la Palme robuste,
L'Oliue, & le Myrthe amoureux
Ombragent le Front valeureux
Et la Couronne du Roy Iuste.
C'est là que cette docte main
A faict d'vn trauail souuerain,
Soit pour la Paix ou pour la Guerre,
A l'honneur du Grand Roy LOVIS
Croistre dans ce RICHE parterre
La Gloire de nos Fleurs de Lis.

VIII.

Cette Lumiere de nostre aage
Tousiours à nos tenebres luit,
Et tousiours seurement conduit
La barque au milieu de l'orage.
Son seul & parfaict Element
Est de seruir fidelement
Le Royaume & le Roy son Maistre,
Et par ces deux soings my-partis
L'Estat en son lustre remettre,
Et destruire nos Ennemis.

IX.

Ses lévres, siege de science,
Parlant le langage de Dieu,
Font voir que c'est vn RICHELIEV
Qui preside sur l'Eloquence.
L'Astre de sa Natiuité
Luy donne toute primauté
Pardessus tous tant que nous sommes,
Et plusieurs Oracles des Dieux
L'auoient long temps promis aux hommes,
Auant qu'il fust veu de nos yeux.

X.

Puisse cet Astre fauorable
A iamais luire dessus nous,
Et que tout le Monde à genoux
Reclame ce Nom venerable.
Ce grand homme venu du Ciel,
Ce Chef des enfans d'Israël,
De qui l'Ame toute Royale
Dans l'esclat de ses actions
N'a rien au Monde qui l'esgale
Si ce n'est mes affections.

LE COMTE.